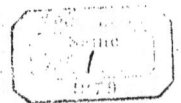

DE LA BROUSSE
DE VERTEILLAC

LIMOUSIN, PÉRIGORD, SAINTONGE, BOURBONNAIS, ILE-DE-FRANCE

SEIGNEURS DE LA TOUR-BLANCHE, DE LA BROUSSE, DES CHAPPOULIES,
DE RUBEYROLES, D'ATHIS, DE PUYRIGARD, DE LA POUYADE, DE CHASTENET, DE SAINT-FRONT,
DE CRESSAC ; MARQUIS D'ATHIS, COMTES, PUIS MARQUIS DE VERTEILLAC.

ARMES : *d'or, au chêne terrassé de sinople, fruité de douze glands d'or, au chef d'azur, chargé de trois étoiles d'or.* COURONNE : *de marquis.* SUPPORTS : *deux lions.* DEVISE : *Oncques ne rebrousse.*

 ETTE Maison, originaire du Limousin, est connue dès le XIIIe siècle, époque à laquelle un de ses ancêtres (1), AIMERIC DE LA BROUSSE (BROSSA), chevalier, fut témoin, en 1234, à un acte de donation faite devant l'official de Limoges, par Aimeric de Jaunhac, chevalier, à Pierre de Bernard, son neveu, d'une rente due par la paroisse de *Buxolio*, Busseuil, rente que Pierre de Bernard vendit ensuite aux doyen et chapitre de Limoges, pour le prix de seize livres, monnaie de Limoges.

Parmi les familles avec lesquelles celle DE LA BROUSSE a contracté alliance, nous citerons d'abord celles qui, par mariage, se sont unies, de 1414 à 1850, aux chefs de la lignée directe ;

Puis les autres familles alliées.

En 1414, Florimonde DE LAVERNHIA épouse Jean II DE LA BROUSSE, écuyer.

En 1568, Jeanne DE LAAGE épouse Thibaud Ier DE LA BROUSSE, seigneur de Rubeyroles.

En 1587, Antoinette DU MAZEAU épouse Thibaud II DE LA BROUSSE, seigneur de Puyrigard.

En 1637, Bertrande DUCHESNE, mariée à Thibaud III DE LA BROUSSE, seigneur de la Pouyade.

En 1678, Antoinette DE LAGEARD DE CHERVAL, femme de Pierre II DE LA BROUSSE, seigneur de Cressac.

En 1727, Madeleine–Angélique DE LA BROUSSE DE VERTEILLAC épouse Thibaud IV DE LA BROUSSE, comte DE VERTEILLAC.

En 1759, Louise DE SAINT-QUINTIN DE BLET, mariée à César-Pierre-Thibaud DE LA BROUSSE, marquis DE VERTEILLAC.

En 1795, Jeanne-Charlotte-Félicité-Elisabeth D'APPELVOISIN DE LA ROCHE DU MAINE, femme de François–Gabriel–Thibaud DE LA BROUSSE, marquis DE VERTEILLAC.

En 1844, Caroline-Ferdinande-Adélaïde-Louise DE MONTALEMBERT D'ESSÉ épouse César-Augustin DE LA BROUSSE, marquis DE VERTEILLAC.

En 1850, Marie-Henriette DE LEUZE épouse César-Augustin DE LA BROUSSE, marquis DE VERTEILLAC.

(1) Dépôt des Chartes de Moreau, Archives du chapitre de Saint-Étienne de Limoges.

Parmi les autres familles alliées aux DE LA BROUSSE DE VERTEILLAC, nous citerons : celle DE GONTAUT, en 1530, par le mariage d'Antoine DE GONTAUT avec Agnès DE LA BROUSSE; celle DE DANYAU DE SAINT-GILLES, par son mariage avec Nicolas DE LA BROUSSE, comte de VERTEILLAC, en 1662; et, d'après l'indication mentionnée dans l'ouvrage imprimé en 1735, de la vie de Nicolas DE LA BROUSSE, comte de VERTEILLAC, tué au combat de Boussu, près Mons, en 1693, nous citerons aussi les maisons qui étaient alors alliées à la sienne en 1693, savoir celles : D'AYDIE; DE SAINT-LAURENT; CRÉVANT; DE CINGÉ; DE SALAGNAC; DE LA COSTE; D'AUBUSSON-BEAUREGARD; DE SAINT-ASTIER; DE FAYOLLE; D'HAUTEFORT DE MARQUESSAC; DE LA GARDE DE SAIGNE SAINT-ANGÈLE; DE POILVILAIN DE CRENAY; GOULARD DE LA FAYE.

Puis les trois alliances de la branche DE LA BROUSSE D'ATHIS, avec demoiselles DE LA DOIRE DU MAINE; DE SALIGNAC, comte DE ROCHEFORT; et DE TUFFET.

Dans le siècle dernier, nous citerons encore en 1729, par le mariage de César-Pierre DE LA BROUSSE, marquis DE VERTEILLAC, avec demoiselle Louise DE SAINT-QUINTIN DE BLET, celles des Maisons DE BELMONT, DE DAUVET, DE LUYNES et DE BROGLIE par le mariage, en 1782, de Françoise-Angélique DE LA BROUSSE DE VERTEILLAC avec le prince DE BROGLIE-REVEL; puis, en 1795, par le mariage de François-Gabriel-Thibaud DE LA BROUSSE, marquis DE VERTEILLAC, avec Jeanne-Charlotte-Félicité-Elizabeth D'APPEL-VOISIN DE LA ROCHE DU MAINE, celles DE BOURDEILLES, DE MAILLÉ, D'UZÈS, D'HUNOLSTEIN, DE MENOU, DE MONTMORIN, DE LA CHATAIGNERAYE, DE CHASTAIGNIER, et, par suite, avec celles D'UZÈS et DE MONTMORENCY-LUXEMBOURG; puis, plus récemment encore, par le mariage de Césarine-Fortunée DE LA BROUSSE DE VERTEILLAC avec le comte DE GARS DE COURCELLES, en 1822.

La maison DE LA BROUSSE a contracté alliance avec celles DE DURFORT DE PLEUMARTIN et DE LA TOUR D'AUVERGNE; puis, par le mariage d'Angélique-Herminie DE LA BROUSSE DE VERTEILLAC, en 1828, avec le comte DE BOURBON-CONTI, et, en secondes noces, avec le comte DE LAROCHEFOUCAULD, duc DE DOUDEAUVILLE, en 1840.

Il y a lieu de mentionner ici ces deux nobles alliances bien qu'il n'en soit pas résulté de postérité. Puis enfin, par le mariage, en premières noces de César-Augustin DE LA BROUSSE, marquis DE VERTEILLAC, en 1844, avec demoiselle Caroline-Ferdinande-Adélaïde-Louise DE MONTALEMBERT D'ESSÉ, et, par son second mariage avec demoiselle Marie–Henriette DE LEUZE, en 1850, il y a eu alliance avec les familles DE CHOISEUIL, DE ROBERSART et DE MOLEMBAIX ; mais de ces deux mariages il n'y a eu qu'une fille qui, en 1852, a épousé le prince DE LÉON, seul fils aujourd'hui du duc de Rohan.

La généalogie que nous donnons ici a été dressée tant sur des actes établissant la filiation et les alliances, que sur les lettres patentes de maintenue de noblesse accordées par Louis XIV, en 1644 et 1671, et sur les preuves faites par cette maison, soit devant les commissaires du roi, soit devant les généalogistes de la couronne, entre autres : Clairambault, Chérin et d'Hozier.

Elle a pour objet d'expliquer et de compléter ce qu'en ont dit, outre ces généalogistes, divers historiens, notamment : *Brantôme, Buchanan, de Thou, Le Laboureur, Le P. Anselme, Moréri, Bayle*, etc. La filiation en est régulièrement suivie depuis Antoine rapporté ci-après.

FILIATION

I. Antoine DE LA BROUSSE *(Brossa)*, né en 1286, chevalier, fils d'Aimeric DE LA BROUSSE, ci-dessus nommé, habitait le lieu de Bonnefons, paroisse de Brassac, près la Tour-Blanche en Périgord, province où ses pères étaient venus s'établir. Il s'y maria en 1315, et eut, l'année suivante, un fils du nom de Jean dont l'article suivra.

Antoine fut un guerrier célèbre de son temps. Entré jeune au service sous Philippe le Bel, ce fut particulièrement sous les règnes de Charles le Bel et de Philippe de Valois que, dans maintes circonstances, il put donner d'éclatantes preuves de sa valeur, surtout à la bataille de Cassel où il défendit avec le plus courageux dévouement la personne du roi, qui allait être victime de son manque de précautions, les Flamands ayant pénétré jusqu'à sa tente où ils le surprirent sans armes.

En récompense de ses nombreux services et notamment de celui-là, Philippe de Valois lui accorda, en 1348, les lettres patentes dont la teneur suit et qui sont plutôt une confirmation de noblesse qu'un anoblissement, puisque le roi y rappelle que son cousin Charles le Bel disait qu'il n'était en meilleure sûreté qu'avec les anciens seigneurs DE LA BROUSSE.

« Philippus Valeriæ, versus flumen Oisæ, Francorum Rex, notum facimus
« omnibus tam præsentibus quam futuris, nos concessisse litteras nobilitatis
« amabili nostro Antonio DE LA Brossa, cum pulchrâ quercu, oneratâ
« duodecim glandibus aureis, faciente sua gentilitiæ insignia, illi et succes-
« soribus suis, habitanti loci Fontis-boni, parochiæ Braccensis Petragorensis,
« Domino nobilium Domorum nemoris, vici Montagriensis, Victoris fluvio-
« rum Chadulensis, vicique domorum ; quia fortiter pugnatus fuerat contra
« Belgas, in prœlio montis Casselli, quiaque fecerat alia gesta insignia tempo-
« ribus Caroli pulchri consobrini nostri, dicentis : « Corpus tutius esse cum
« antiquis dominibus DE LA Brossa. » Ideoque ut ille et sui fruantur omnibus
« privilegiis concessis antiquis nobilibus regni nostræ Franciæ.
« Hoc factum scriptumque fuit Nogenti-Caroli, anno millesimo trecente-
« simo quadragentesimo octavo, signo nostro signatum subscriptumque
« fuit. »

Philippus, Francorum Rex.
Inferius:
Rogerius, scriba regis Franciæ.

En voici la traduction :
« Philippe de Valois, vers le fleuve d'Oise, roi des Francs, savoir faisons
« à tous présents et à venir, que nous avons accordé des lettres de noblesse à
« notre bien-aimé Antoine DE LA Brousse (*de Brossa*), avec un *beau chêne*
« *chargé de douze glands d'or, faisant ses armoiries de noblesse*, pour lui
« et ses descendants, habitants du lieu de Bonnefons, paroisse de Brassac, en
« Périgord, seigneur des maisons nobles de la Forest, du bourg de Monta-
« grier, de Saint-Victor, des rivières de Chadeuil et du bourg des Maisons, et
« parce qu'il avait vaillamment combattu contre les Belges à la bataille du
« mont de Cassel (1328), et parce qu'il avait fait d'autres actions d'éclat
« au temps de Charles le Bel, notre cousin, qui disait que sa personne n'était
« en meilleure sûreté qu'auprès des anciens seigneurs DE LA Brousse.
« C'est pourquoi nous voulons que lui et les siens jouissent de
« tous les privilèges accordés aux anciens nobles de notre royaume de
« France (1). »

(1) Le principal but de ces lettres étaient évidemment d'attribuer à Antoine DE LA Brousse des armoiries (*sua gentilitiæ insignia*), distinction qui venait à l'appui d'une noblesse préexistante (*antiquis dominis DE LA Brousse*) et qui l'assimilait plus complètement aux anciens nobles du royaume (*omnibus privilegiis concessis nobilibus*).

Ceci fait et écrit à Nogent-le-Roi, l'an mil trois cent quarante-huit, signé de notre main et souscrit.

PHILIPPE, roi des Francs.

Plus bas :

ROGER, secrétaire.

II. Jean Ier DE LA BROUSSE, chevalier, fils du précédent, né en 1316 (1), suivit comme son père la carrière des armes, se maria en 1346 et eut quatre enfants.

1° Guillaume qui suit;

2° Héliot, ⎫ qui passèrent, à Saint-Jean-d'Angély, les revues de noblesse
3° Loys, ⎬ du seigneur de Saint-Marc, les 15 septembre, 1er no-
4° Jacques, ⎭ vembre 1387 et 1er février 1388 (2).

III. Guillaume DE LA BROUSSE (3), chevalier, né en 1348, fils de Jean Ier et petit-fils d'Antoine, était qualifié *Miles de Turre Alba*, chevalier de la Tour-Blanche, ainsi que l'indique un acte dont copie régulière et certifiée existe dans les archives de ses descendants, acte trop volumineux pour qu'il soit possible d'en donner ici la traduction entière. C'est un contrat de vente par Guillaume DE LA BROUSSE à Guillaume FABRI, en date du 3e jour des ides de décembre 1397, de divers immeubles. Nous nous bornerons à en transcrire les premières lignes en y ajoutant les stipulations qui en établissent le caractère de féodalité :

« A tous ceux qui ces présentes lettres verront, Guillaume DE LA BROUSSE,
« chevalier de la Tour-Blanche, et Guillaume Fabri, clerc dudit lieu, au
« diocèse de Périgueux, etc., etc. »

Cette vente fut faite moyennant douze deniers d'or « payés comptant ; en outre, sous la réserve des droits de seigneurie directe et moyennant une redevance féodale de six deniers, monnaie courante d'acapit, payables audit seigneur et à ses héritiers ou successeurs, à chaque changement de proprié-taire du fief, suivant la coutume. »

Guillaume DE LA BROUSSE, chevalier de la Tour-Blanche, n'était seigneur de cette châtellenie que pour un tiers ; la maison de la Tour l'était alors pour

(1) D'après le contenu d'une charte de 1353, Jean Ier DE LA BROUSSE, chevalier, donne quittance pour lui et ses héritiers en Saintonge. (*Archives de la famille.*)
(2) Ces revues existent aux archives de l'Etat, province de Saintonge, liasse K., n°s 67, 17, 18, 20.
(3) D'après le contenu d'une charte de 1371, Guillaume DE LA BROUSSE, chevalier, est cité comme propriétaire d'une maison à la Tour-Blanche, en Périgord. (*Archives de la famille.*)

les deux autres tiers, ainsi qu'il résulte d'une ordonnance du roi Jean, du 13 février 1354, dont une copie en bonne forme existe aussi dans les archives de la famille ; ordonnance par laquelle ce monarque détacha de la sénéchaussée de l'Angoumois le ressort des village, château et châtellenie de la Tour-Blanche, pour l'annexer à la sénéchaussée du Périgord et du Quercy, dont il avait dépendu autrefois. Le roi réserva de plus et annexa à la couronne de France et à son domaine immédiat tout ce qu'il avait de droits de juridiction et de mouvance sur lesdits village, château et châtellenie de la Tour-Blanche (1).

Guillaume DE LA BROUSSE, marié en 1380, eut trois fils :

1° Jean II, qui suit;
2° Hélie DE LA BROUSSE, vivant en 1423;
3° Arnaud DE LA BROUSSE, qualifié seigneur de Noyelle, vivant en 1424.

IV. Jean II DE LA BROUSSE, écuyer, né en 1382, était, en 1422, homme d'armes du roi Charles VI. Il avait épousé, en 1414, Florimonde DE LA-VERNHIA, qui fit son testament à *Superbosco*, Sorbois, au bailliage de Limoges, le 29 août 1432. Elle lui donna trois fils :

1° Jean III DE LA BROUSSE, qui suit ;
2° Guillaume DE LA BROUSSE, qui suivit la carrière des armes et mourut célibataire ;
3° Pierre DE LA BROUSSE, aussi homme d'armes, devenu la tige d'une branche cadette établie à Pannat en Périgord, dont on ignore la destinée.

V. Jean III DE LA BROUSSE, né en 1420, épousa, en 1456, N., dont il eut un fils qui suit.

Jean possédait en Bourbonnais un fief important où il fit bâtir, au commencement du xv° siècle, un château de son nom de la Brousse, qu'il fut autorisé, en 1470, par Jean de Bourbon, gendre du roi Charles VII, à fortifier ainsi qu'il lui conviendrait, et à y faire fossés, pont-levis et autres fortifications qu'il jugerait nécessaires (2).

(1) La seigneurie de *la Tour-Blanche* passa plus tard dans la maison DE BOURDEILLES qui en possédait deux tiers en 1449, et acquit le dernier tiers en 1465. Elle la conserva jusqu'à la fin du xviii° siècle, époque à laquelle la baronnie de la Tour-Blanche sortit de la maison DE BOURDEILLES pour passer dans celle de SAINTE-MAURE, et pour passer peu après dans la maison DE LA BROUSSE DE VERTEILLAC, ainsi que nous le dirons plus loin.

(2) Ce qui indique suffisamment que, bien que la maison DE LA BROUSSE fût originaire du Périgord, où elle était établie au commencement du xiii° siècle, MM. DE LA BROUSSE possédaient à cette époque des fiefs en Bourbonnais.

VI. Pierre Iᵉʳ DE LA BROUSSE, écuyer, né en 1457, rendit foi et hommage, en 1482, de son fief de la Brousse à Suzanne de Bourbon-Beaujeu, duchesse de Bourbonnais (fille unique du sire de Beaujeu et d'Anne de France, fille aînée de Louis XI), depuis mariée au connétable de Bourbon, son cousin.

Pierre eut trois fils :

> 1° Jacques Iᵉʳ, qui suit ;
> 2° Antoine-Gaston DE LA BROUSSE, qui servit sous les Guise et mourut célibataire ;
> 3° Jean DE LA BROUSSE, qui embrassa l'état ecclésiastique et fut archevêque de Vienne en Dauphiné (1).

VII. Jacques Iᵉʳ DE LA BROUSSE, né en 1483, s'intitulait seigneur de Condenne et de la Cour ; il fut lieutenant de cent hommes d'armes, puis capitaine de cinquante lances, gentilhomme ordinaire du roi Henri II et chevalier de son ordre (2).

Partisan des Guise dont il appréciait les brillantes qualités, il alla se jeter dans Metz, à la suite de François, duc de Guise, au mois d'août 1552, à l'instant où cette ville, auparavant libre, mais tout récemment conquise par Henri II, allait être assiégée par Charles-Quint, et contribua puissamment à sa défense, si glorieusement terminée par la levée du siège, où Charles avait perdu 50,000 hommes.

Les services de Jacques furent dignement appréciés par Henri II, qui l'honora dès lors de toute sa confiance, le mit, avec le seigneur de Sansac, auprès du dauphin, son fils, depuis roi sous le nom de François II, et mari de l'infortunée Marie-Stuart, reine d'Ecosse.

Agé de soixante-quinze ans, Jacques obtint la faveur de conduire au secours de cette princesse, devenue veuve à peine rentrée dans ses États et luttant contre ses sujets révoltés, un corps de deux mille hommes, avec lequel il défendit avec autant de vigueur que de succès la place et le port de Leith,

(1) L'Église de Lyon et celle de Vienne furent les premiers sièges des Gaules. L'archevêque de Vienne portait le titre de primat des primats.

(2) On lit au sujet de Jacques Iᵉʳ DE LA BROUSSE dans Moréri (tome 2, page 309, édition de 1759) : « Natif du Bourbonnais, chevalier de l'ordre de Saint-Michel, fut mis auprès de François II avec le seigneur de Sansac, après s'être signalé par sa valeur. Il était créature de la maison de Guise, et conduisit en Écosse, en 1559, deux mille hommes au secours de la reine, nièce de Messieurs de Guise. A l'âge de soixante-quinze ans il aida par sa vigueur Sébastien de Luxembourg, vicomte de Martigues, à soutenir le siège que les Ecossais révoltés mirent devant le petit Leith, où celui-ci commandait ; et, depuis, il fut tué à la bataille de Dreux avec son fils, l'an 1562. Voir Brantôme, *Éloges des hommes illustres* ; Buchanan, *Rerum Scot.*, lib. 16 ; Le Laboureur, addit. à Castelnau, tome II ; Bayle, *Dictionnaire critique* ; la *Biographie universelle*, Michaud, tome LXIX, page 244.

dont il fit lever le siège. Rappellé par le roi, Jacques continua de servir aux premiers rangs dans l'armée royale. Le premier bâton vacant de maréchal de France lui était promis et il en touchait déjà le traitement. Mais, le 19 décembre 1562, il reçut, avec son fils Jacques II, une mort glorieuse à la bataille de Dreux, trop chèrement gagnée par l'armée catholique qui y perdit le connétable de Montmorency, son commandant en chef, et le maréchal de Saint-André dont le bâton lui serait échu (1) s'il lui avait survécu.

Jacques Iᵉʳ DE LA BROUSSE avait eu trois enfants :

1º Jacques II, qui suit ;
2º Agnès DE LA BROUSSE, née en 1511, qui épousa, en 1530, Antoine DE GONTAUT, seigneur de Puybeton, et mourut sans postérité ;
3º Jean-Hélie DE LA BROUSSE, écuyer, sieur du Mayne, né en 1514, qui embrassa la carrière de la marine.

Il était arrivé au grade de capitaine, et son vaisseau faisait partie de la division sous les ordres de Léon Strozzi, dans la flotte commandée en chef par d'Annebaut, lorsque cet amiral alla, le 6 juillet 1545, provoquer au combat la flotte Anglaise qui se tenait sous le canon de Plymouth. Les Anglais y eurent un vaisseau coulé bas et plusieurs autres fort maltraités, mais ils persistèrent à rester immobiles dans le port. Hélie DE LA BROUSSE se distingua particulièrement dans cette attaque et ne se retira du service que dans un âge avancé.

Agé de soixante-treize ans, il assista, en 1587, et signa DU MAYNE DE LA BROUSSE, au contrat de mariage de son petit-neveu Thibaud de Puyrigard, dont il sera parlé plus loin.

Jean-Hélie avait épousé, en premières noces, N. DE CAMAIN ; et, en secondes noces, Marguerite DU BARY DE CUGNAC, qui lui donna, en 1570, un fils, Jean DE LA BROUSSE, qualifié écuyer, sieur de Chappoulies, lequel épousa Marguerite DE PRESSAC et n'en eut que des filles dont l'une, Antoinette DE LA BROUSSE, se maria, le 24 février 1650, à Blaise D'AIDYE, écuyer, seigneur de Vaugoubert.

VIII. Jacques II DE LA BROUSSE (2), chevalier, né en 1509, fut marié en 1532 à N., dont il eut deux enfants :

1º Thibaud 1ᵉʳ, qui suit ;
2º Marguerite DE LA BROUSSE, mariée en 1560 au seigneur DE BROGNAC, veuf de N., de Conan ; elle en eut une fille, nommée aussi Marguerite, qui épousa Hercule, marquis de CRÉVANT et baron de CINGÉ, en Touraine.

Jacques II DE LA BROUSSE, ainsi que nous l'avons dit plus haut, périt avec

(1) La mort de Jacques Iᵉʳ DE LA BROUSSE, à la bataille de Dreux, et celle de son fils Jacques II se trouvent mentionnées dans les *Commentaires* de Montluc. (4 vol. in 8°) ; dans l'Histoire de Thou (16 vol. in fol.), et dans la *Biographie universelle*.

(2) Consulter, au sujet de Jacques II, la *Biographie universelle* DE LA BROUSSE, Michaud, LXIX, pages 244 et 245.

son père à la bataille de Dreux. Il prenait dans les actes les titres de haut et puissant seigneur, gentilhomme de la chambre du roi et lieutenant de cent hommes d'armes.

IX. Thibaud Ier DE LA BROUSSE, écuyer, seigneur de Rubeyroles, né en 1533, habitait son repaire noble de Rubeyroles et se maria, en 1553, à Jeanne DE LAAGE DE CHIRAC, qui lui donna trois fils :

> 1° Jean DE LA BROUSSE, qualifié écuyer, sieur de Tranchep, né en 1554, mort célibataire en 1645, à plus de quatre-vingt-neuf ans ; il fut enterré à côté de son frère Thibaud DE PUYRIGARD, dans la chapelle de la Vierge des Clercs, de la ville de Nontron ;
> 2° Thibaud II, auteur de la branche de PUYRIGARD, rapportée ci-après ;
> 3° Thibaud dit d'ATHIS, qui suit.

BRANCHE D'ATHIS

SEIGNEURS, BARONS, PUIS MARQUIS D'ATHIS

X. Thibaud DE LA BROUSSE, écuyer, le plus jeune des fils de Thibaud Ier, sieur de Rubeyroles, naquit en 1575 et devint en 1630 seigneur d'Athis ; il fut marié, le 21 juillet 1615, par contrat passé devant Bassinette, notaire à Verteillac, à Dauphine DE LA DOIRE DU MAYNE dont il eut plusieurs enfants :

> 1° Anne DE LA BROUSSE, née le 17 février 1619 ;
> 2° Marguerite DE LA BROUSSE, née le 26 avril 1620 ;
> 3° Jeanne DE LA BROUSSE, née le 8 août 1621 ;
> 4° Thibaud ou Théobald DE LA BROUSSE, qui suit :

XI. Thibaud DE LA BROUSSE D'ATHIS, né le 28 janvier 1626, était déjà, lors de son mariage, enseigne des gardes du corps, emploi dans lequel il venait de succéder à son frère Thibaud de Puyrigard.

Le 16 octobre 1616, il reçut une commission du roi pour se rendre sur-le-champ à la Rochelle. De graves différends et d'aigres altercations s'étaient élevés entre les maire, échevins et habitants de cette ville, et le duc d'Épernon, gouverneur de la province.

La cour craignait que l'on se portât de part et d'autre à des voies de fait. Thibaud fut chargé de faire aux deux partis commandement, au nom du roi, de n'entreprendre aucune chose par ladite voie de fait, et défense de faire pour ce aucunes assemblées, ni levées de gens de guerre.

Il s'acquitta de cette mission avec une fermeté qui en assura le succès.

Le 26 novembre de la même année, il reçut du roi une commission pour opérer la démolition des clôtures et fortifications du château de Rochefort.

Le 28 du même mois, il reçut une autre commission du roi pour faire sortir du château de Surgères les gens de guerre qui l'occupaient et de le garder sous l'autorité de Sa Majesté jusqu'à ce qu'il en eût été autrement ordonné.

Thibaud avait obtenu, le 20 mai 1617, des lettres de *Committimus* qui l'autorisaient à porter devant la cour des requêtes du Palais, à Paris, toutes actions contre ses débiteurs de dix livres et au-dessus, avec défenses aux tribunaux ordinaires d'en connaître.

Le 18 février 1619, il reçut une commission du roi à l'effet de se transporter le plus diligemment que faire se pourrait ès provinces de Limousin, Périgord, Angoumois et autres lieux circonvoisins desdits pays, pour faire commandement, de par sa Majesté, à tous ceux qui se trouveraient assemblés levés en armes, soit seigneurs, gentilshommes ou autres, de se séparer incontinent et de se retirer en leurs maisons, avec inhibition et défenses de faire ci-après lesdites assemblées, ou lever aucuns gens de guerre sans avoir commission expresse signée du roi, contresignée d'un secrétaire d'Etat et scellée du grand sceau.

En récompense de ses services il avait été gratifié, le 26 mars 1619, d'une charge de l'un des cent gentilshommes ordinaires du roi, compagnie du seigneur de Crévant.

Le roi l'honora, le 29 janvier 1620, de son ordre de Saint-Michel, dont le cordon lui fut conféré par les mains du comte de Tresmes. En 1621, Sa Majesté lui confia le commandement du château Trompette, à Bordeaux, dont les maires et jurats lui conférèrent le droit de bourgeoisie le 12 octobre de l'année suivante. Une commission du roi, du 24 juillet 1621, lui fut donnée pour faire démolir les fortifications qui avaient été élevées autour de la place de Montflanquin. La reine Marie DE MEDICIS, mère de Louis XIII, lui confia, le 10 juin 1623, le commandement des ville, château et faubourgs de Saumur; il obtint, le 30 mai 1626, le brevet de lieutenant français dans la compagnie des Cent-Suisses de la garde du roi, en remplacement du sieur de Contades; et, le 26 juin 1629, celui de conseiller, maître d'hôtel ordinaire du roi, qui lui accorda, le 9 décembre suivant une pension de 1,500 livres. Dans ce brevet, il est qualifié capitaine-lieutenant et prit, à dater de cette époque, la qualification de seigneur d'ATHIS dans les actes et, plus tard, celle de BARON D'ATHIS (1). Dans une pièce du 23 juillet 1631, rappelant une fondation faite par lui à Nontron, il est déjà qualifié de seigneur d'ATHIS et il y est dit qu'il veut être enterré lui et les siens, à Nontron, sous le maître-autel de l'église des Frères mineurs; il maintint cette clause dans un autre acte du 14 février 1654.

Le même roi Louis XIII lui demandait en mariage, en 1659, pour un sieur DE MONTESSON, sa fille Jeanne, dont l'union projetée avec un DE TALEYRAND, comte de GRIGNOL, n'avait pas eu lieu (2).

Il fut nommé, sous le règne suivant et pendant la régence de la reine ANNE D'AUTRICHE, le 14 juillet 1643, conseiller aux conseils d'Etat et privé. Le 15 novembre de la même année, se trouvant malade à Périgueux, il y déposa chez de la Barre, notaire, son testament écrit sous sa dictée par un sieur Alexandre. Le 15 juin 1655, lui et son fils traitèrent, en faveur de ce dernier, de la charge de lieutenant dans la compagnie des Cent-Suisses, dont était pourvu le sieur DE CHAMBORT; et, le 10 juillet suivant, le roi lui accorda une pension de 2,000 livres, dont le brevet fut enregistré au contrôle général des finances le 24 décembre, et à la chambre des comptes le 17 janvier 1656. Enfin Thibaud, son fils, non encore émancipé et par lui spécialement autorisé à cet effet, accepta, en 1658, l'affectation hypothécaire faite par Louis DU PLESSIS DE LA MERLIÈRE, d'une somme de 10,390 livres, résultant d'une obligation du 2 avril 1655. Il survécut peu de temps à ce dernier acte, mourut dans son château de Verteillac en Périgord, le 7 septembre 1658, et fut enterré à Verteillac, bien qu'il eût établi, dans deux actes de fondation de 1631 et 1654, qu'il voulait qu'il fût dressé trois vases ou tombeaux devant le grand autel de la grande église de Nontron, et qu'il y eût également fondé des messes à perpétuité pour lui, ses prédécesseurs et ses successeurs.

A l'extérieur, Thibaud fut souvent employé dans des négociations importantes et spécialement lors du mariage du roi Louis XIII.

✠ XII. Thibaud ou Théobald DE LA BROUSSE, chevalier, seigneur, baron D'ATHIS, vicomte de la Roche, de Ménardière et autres lieux, capitaine-lieu-

(1) Ce fut en 1630 qu'il fit l'acquisition de la seigneurie d'Athis-sur-Orge, près Paris.
(2) Elle épousa depuis Achille DE SALAGNAC, comte de Rochefort, et, devenue veuve sans enfants, elle se fit religieuse carmélite. Par acte de 1661, elle fonda à Verteillac un couvent de chanoines réguliers de Sainte-Croix.

tenant de la compagnie des Cent-Suisses de la garde du roi, né et ondoyé en 1625, fut présenté aux cérémonies du baptême le 20 janvier 1626. Ainsi qu'on l'a vu plus haut, il avait été pourvu, le 15 juin 1655, de la charge de capitaine-lieutenant des Cent-Suisses de la garde; le 10 juillet 1676, il en vendit la survivance à son cousin Nicolas, comte DE VERTEILLAC; il était alors célibataire, mais ayant ensuite épousé Catherine TUFFET, il en eut deux enfants :

> 1º Thibaud-Etienne qui suit ;
> 2º Suzanne-Andrée de LA BROUSSE, non mariée.

Le comte DE VERTEILLAC lui rétrocéda cette survivance le 8 avril 1686. Le roi lui accorda, le 6 janvier 1688, une pension de 1,200 livres en considération de ses services, tant dans les troupes qu'en ladite charge de lieutenant des Cent-Suisses. La mort l'atteignit, âgé de soixante-dix-sept ans passés, le 17 septembre 1703, en son hôtel à Paris, rue Saint-Guillaume. Présenté le lendemain à sa paroisse Saint-Louis, son corps fut transporté dans l'église d'Athis, où Catherine TUFFET, sa veuve, lui consacra une tombe près de l'autel (1).

XIII. Thibaud-Étienne DE LA BROUSSE, chevalier, seigneur marquis D'ATHIS, né en 1680, premier cornette des chevau-légers-Dauphin, mestre de camp de cavalerie, commença ses services militaires, le 13 octobre 1714, par le grade de lieutenant dans le régiment d'infanterie de Toulouse. Il devint enseigne dans la compagnie d'AUDIFFRET, au régiment des gardes françaises, par arrêté du conseil de guerre, en présence du régent, du 17 décembre 1715, signé : VILLARS et BIRON; il y resta jusqu'au 7 avril 1718, époque à laquelle il passa au service de la gendarmerie; il en sortit avec le grade de premier cornette des chevau-légers-Dauphin, en 1728, et il en exerçait encore les fonctions lorsqu'il mourut de maladie et célibataire à Cambrai, le 6 mai 1731.

En lui s'éteignit la descendance mâle de la branche cadette des barons et marquis D'ATHIS. Sa mère lui survécut treize ans et mourut le 3 avril 1744.

(1) Voici le texte de l'épitaphe tracée sur son tombeau :
« Hic in choro, prope aram, jacent reliquia inclyti ac potentis domini Théobaldi DE LA BROUSSE, « equitis. pagi de Atis castellani, centum helvetiorum qui custodiæ regiæ incumbunt, prosapiâ illustri « clarus, humilitate christianâ clarior, dignitatibus apes pariter et honores ornavit regibus fidelitate « et modestiâ, suos affabilitate, omnes morum suavitate sibi devinxit, vitam agit tandem virtutibus « ornatam, pietate sincerâ, oratione frequenti eximio quæ Dei cultu, sic plenus dierum obiit anno ætatis « suæ LXXVIII, sæculi XVIII et nostræ salutis 1703.
« Hoc amoris et doloris monumentum posuit Catharina TUFFET dulcissima et amantissima conjux.

Suzanne–Andrée DE LA BROUSSE, sa sœur, qui avait été son unique héritière, quant aux propres, vendit, le 6 février 1743, la terre d'Athis à Louise-
Anne de Bourbon-Condé, mademoiselle DE CHAROLAIS. Elle décéda le 14 juillet 1746, ayant fait un testament par lequel son cousin César–Pierre DE LA
BROUSSE, comte DE VERTEILLAC, fut institué son héritier universel.

Divers membres de la branche cadette D'ATHIS ont fait plusieurs fondations
pieuses, parmi lesquelles, outre celle du couvent des chanoines réguliers de
Sainte-Croix, à Verteillac, par Jeanne, veuve du comte de Rochefort, on peut
citer : une donation d'un capital de 5,000 livres faite, le 23 juillet 1631, par
Thibaud DE LA BROUSSE D'ATHIS, chevalier de l'ordre du roi, au couvent des
Frères mineurs (cordeliers), tenant l'hôpital des pauvres à Nontron.

BRANCHE

DES SEIGNEURS DE PUYRIGARD, DE RUBEYROLES,

DE LA POUYADE, COMTES DE VERTEILLAC

X. Thibaud II DE LA BROUSSE, écuyer, seigneur de Puyrigard et de Rubeyroles, né en 1555, suivit la carrière des armes ainsi que son père, son aïeul
et tous ses ancêtres. Il servit d'abord et longtemps dans la marine sous son
oncle Hélie DE LA BROUSSE, seigneur du Mayne, puis passa dans l'armée de
terre et combattit constamment sous l'étendard royal. Il jouissait d'une
grande considération dans le Périgord où étaient situées ses propriétés.

Pendant qu'il était aux armées, l'avant-garde de l'armée huguenote, commandée par Montgommery, envahit une première fois, le 1er novembre 1568,
la ville de Nontron qu'elle fut forcée d'évacuer après une très courte occu-
pation et de grands désordres; mais cette place et son château ne tardèrent
pas à être assiégés par cette armée entière, sous le commandement des
princes. La défense fut vigoureuse et opiniâtre, toutefois il fallut succomber.
Nontron, prise d'assaut le 6 juin 1569, fut livrée à toutes les horreurs du
massacre, du pillage et de l'incendie.

Sa maison de Rubeyroles fut dévastée, ses meubles furent brûlés, ainsi
que tous ses papiers et titres de famille. Ces désastres furent constatés par

un procès-verbal d'enquête reçu par Lenoble, notaire royal à Nontron, le 10 février 1571, auquel furent appelés quarante témoins recommandables. La famille en possède une expédition certifiée et signée du notaire Lenoble.

Le seigneur de Rubeyroles continua ses services militaires, comme capitaine commandant une compagnie au régiment du comte de Châteauneuf, dans lequel il servait encore en 1598. Il était devenu veuf quand il maria, en 1587, son second fils, portant déjà le titre de sieur DE PUYRIGARD, terre qu'il comprit dans la dot de celui-ci, en s'en réservant la jouissance sa vie durant.

Ce fut en sa faveur que, le 27 novembre 1606, Charles de Calonges de Pelagreu, chevalier, seigneur de Bourdeix, baron de Nontron, érigea en fief noble le village et repaire DE PUYRIGARD, autrement appelé Bonnetaire, situé dans la censive dudit Nontron, avec tous les droits de féodalité et autres droits, pour en jouir à l'avenir à foi et hommage lige, ainsi qu'il résulte de l'acte qui se trouve dans les papiers de ses descendants.

Il vécut encore quelques années et mourut en 1613, sans avoir eu le bonheur de voir, en 1615, marier son autre fils Thibaud, devenu, plus tard, chef de la branche D'ATHIS, dont il est parlé ci-dessus, et qui s'éteignit, comme il a été dit, en 1731, par la mort du dernier baron D'ATHIS, célibataire, qui eut lieu le 6 mai 1731, et par celle de sa sœur unique, Suzanne DE LA BROUSSE D'ATHIS, veuve, sans enfants, du comte de Rochefort, qui fut héritière de son frère, et qui, s'étant fait religieuse, mourut le 14 juillet 1746.

Il habita tantôt sa maison de Nontron, tantôt son château de Saint-Martin-le-Pin, et se maria, le 12 mai 1587, à Antoinette DU MAZEAU, fille de Jean du Mazeau, sieur de la Pouyade (1), de laquelle il eut six enfants :

1° Hélie DE LA BROUSSE, né en 1637, suivit la carrière des armes, et servit d'abord dans les gardes du corps de la reine mère; puis, le 31 octobre 1621, il succéda à son père, dans le commandement d'une compagnie qui tenait garnison dans le château Trompette de Bordeaux, province de Guyenne; enfin, il obtint, le 27 juillet 1627, une commission de capitaine dans le régiment du comte de Riberac. Resté célibataire, il périt l'année suivante au siège de la Rochelle, et

(1) Ce contrat, du 12 mai 1587, fut passé aux Bernardières, paroisse de Champeau en Périgord, devant Lenoble, notaire; il fut signé, entre autres témoins, par le sieur DE LA BROUSSE DU MAYNE (grand-oncle du sieur de Puyrigard); ce contrat indique que le sieur de Rubeyroles, qui marie son fils, habitait alors le repaire noble de Rubeyroles. (Rubeyroles fit partie de la terre de Saint-Martin-le-Pin, près Nontron.)

son corps rapporté à Nontron, fut inhumé dans le tombeau de sa famille :

2° Nicolas DE LA BROUSSE, né en 1596, embrassa l'état ecclésiastique, donna d'abord, au siége de la Rochelle, des preuves de vertu et de grande charité , puis succéda, en 1637 , dans l'abbaye de Notre-Dame-de-Peyrouse, à son grand-oncle Nicolas du Mazeau, mort en 1644, à quatre-vingt-huit ans, et mourut à Périgueux , le 31 décembre 1674;

3° Jean DE LA BROUSSE DE LA POUYADE, qui resta aussi célibataire, fut d'abord page du roi Louis XIII, à la cour duquel il connut le comte de Toiras, alors très-pacifique lieutenant de la vénerie et capitaine de la volière du roi ; mais la passion de la guerre et l'amour de la gloire s'étant simultanément éveillés chez Toiras, l'une et l'autre se développèrent en même temps chez Jean DE LA BROUSSE. Il s'engagea comme simple volontaire et suivit Toiras à la défense de l'île de Ré, alors attaquée par la flotte anglaise. Il devint lieutenant au régiment de Navarre, puis il fut commissionné capitaine, et son régiment fit partie du corps d'armée envoyé, sous les ordres du même Toiras, en Italie, où la France combattait les deux branches espagnole et allemande, de la Maison d'Autriche.

Quand la place de Casal fut menacée par les forces réunies de ces deux puissances, commandées par Spinola, le plus grand capitaine de ce siècle, Toiras s'y jeta avant que le siège en fût formé. La défense fut brillante et Jean DE LA BROUSSE y fit preuve d'une grande vaillance. Pendant la durée du siège, il fut chargé de la défense d'un fortin, construit par les assiégés sur la rive opposée du Pô, avec un détachement de quatre cents hommes; mais au moment où les ennemis furent contraints de lever le siège, ce fortin fut attaqué par quatre mille Espagnols sans que la garnison dégagée pût lui porter secours. La défense DE LA BROUSSE fut héroïque; il y périt, le 12 mai 1629, percé de cinquante-huit coups d'épée, de hallebarde et de mousquet.

Le *Mercure* du temps et plus tard l'histoire du maréchal de Toiras ont fait une honorable mention de cette mort si glorieuse, et l'on peut affirmer qu'une bonne part en revenait à Jean dans ces mots de Spinola, dans sa retraite : « Qu'on me donne cinquante mille hommes aussi vaillants et aussi bien disciplinés, et je ferai la conquête de l'Europe entière » (1).

4° Marguerite DE LA BROUSSE, née en 1588, mariée, en 1608, à messire Pierre GAUTIER, avocat en la cour du Parlement de Bordeaux , seigneur de Jomellières, dont elle eut un fils et une fille. Celle-ci épousa N. D'ENTÉTES et lui apporta la seigneurie de Jomellières. Le fils, nommé Nicolas, est cité dans le testament de son oncle de la Pouyade, en 1638, et dans celui de son grand-oncle le baron d'Athis, en 1643;

---

(1) Cette action militaire se trouve rapportée ainsi dans l'*Histoire du maréchal de Toiras*, par Baudin, à Paris, 1644 : « Cette petite perte fut suivie d'une plus remarquable : les assiégés français avaient fait un fort au delà du Pô, non encore élevé à sa dernière perfection, qu'ils appelaient, en langage du pays, fortin ou petit fort ; les ennemis espagnols l'attaquerent et le prirent, le 26 mai, à huit heures de nuit. LA POUYADE et DU TRANCHANT, capitaines au régiment de Riberac, le défendirent fort vaillamment. LA POUYADE y fut tué, et DU TRANCHANT, blessé, fut fait prisonnier. »

5° Marie DE LA BROUSSE, non mariée ;
6° Thibaud-Antoine, qui suit.

XI. Thibaud-Antoine DE LA BROUSSE DE PUYRIGARD, embrassa, dès l'âge de dix-huit ans, la carrière de la marine. Il était embarqué sur la flotte commandée par Philippe Strozzi, quand cet amiral fut envoyé, en 1582, aux îles Açores, pour y défendre, contre les Espagnols, les droits de don Antoine, roi de Portugal, lequel y périt malheureusement.

Ce fut quelques années après son retour en France que PUYRIGARD épousa, comme on l'a vu, en 1587, Antoinette DU MAZEAU, fille de Jean du Mazeau, seigneur de la Pouyade. Il n'en continua pas moins et avec la même ardeur son service dans la marine où il obtint le grade de capitaine et le commandement d'un vaisseau de première classe. Mais les guerres civiles ayant cessé d'affliger le royaume, après l'avènement de Henri IV, PUYRIGARD, ne consultant que son dévouement à ce grand monarque qui continuait à se battre contre le roi d'Espagne, Philippe II, prit du service dans l'armée de terre, avec le grade de capitaine au régiment Dauphin. Le 16 février 1608, sur la démission du sieur Jauguin des Mazis, il devint enseigne de l'une des compagnies des gardes du corps du roi, sous la charge du sieur de la Force ; emploi qu'il céda sept ans après à son frère cadet, et le 4 janvier 1616, le commandement de la place de Nontron lui fut confié. Ce fut alors que, à la tête de quatre-vingts chevaux, il dégagea le maréchal de Schomberg, commandant de la province, qui s'était laissé envelopper par un détachement ennemi.

Le 26 mars 1619, PUYRIGARD fut nommé l'un des cent gentilshommes ordinaires de la maison du roi, et, en 1621, il reçut une commission pour former une compagnie de cent hommes pour tenir garnison au château Trompette, sous le commandement de Thibaud DE LA BROUSSE, son frère puîné, qui en était gouverneur. Dès que cette compagnie fut formée, il la céda à son fils Hélie, le 31 octobre de ladite année 1621.

Une lettre de Sa Majesté, du 23 avril 1623, lui notifia que « pour ses vertus, vaillance et mérite, il avait été choisi et élu par l'assemblée des chevaliers, frères et compagnons de l'ordre de Saint-Michel, pour être associé à leur compagnie, et que, pour lui bailler le collier dudit ordre, le roi avait fait choix du sieur de Bourdeilles, sénéchal et gouverneur du pays de Périgord. »

En effet, PUYRIGARD prêta le serment et reçut le collier de l'ordre, le

15 janvier 1624, dans le château et par les mains du comte de Bourdeilles (1).

Devenu veuf et infirme, Puyrigard s'était retiré dans son château de Saint-
Martin-le-Pin, près Nontron, et ce fut là que, en 1637, il donna sa procura-
tion à Nicolas du Mazeau, abbé de Peyrouse, oncle de sa femme, pour le
représenter à Périgueux, au mariage de Thibaud-Antoine, son fils, avec Bertrande du Chesne.

Il mourut à Saint-Martin-le-Pin en 1638, âgé de quatre-vingt-trois ans, et
fut enterré dans la chapelle de la Vierge des Clercs de Nontron.

Longtemps auparavant, en 1614, Puyrigard avait perdu Antoinette du Mazeau, sa femme, qui, dans son testament, reçu par Bonreau, notaire royal à
Nontron, le 10 août 1614, l'avait institué son légataire universel, après avoir
attribué à chacun de ses six enfants une légitime de quinze cents livres.

Cette dame était si remarquable par sa vertu, ses excellentes qualités et sa
bienfaisance que la voix unanime ne la désignait que *la bonne et l'aumônière*.
Elle fut inhumée dans la chapelle de la Vierge des Clercs de la ville de
Nontron.

XII. Thibaud-Antoine DE LA BROUSSE, écuyer, sieur de la Pouyade, né en
1610, eut pour parrain son oncle Thibaud DE LA BROUSSE, seigneur d'Athis ;
il se maria, le 22 février 1637 (2), à Bertrande du Chesne, fille de N. du Chesne,
seigneur d'Augignac, et habitait son château de Saint-Martin-le-Pin, près
Nontron.

Il eut d'elle sept enfants, savoir :

1° Thibaud DE LA BROUSSE, né en 1638, embrassa l'état ecclésiastique,
succéda à son oncle Nicolas DE LA BROUSSE dans l'abbaye Notre-
Dame de Peyrouse, à l'époque du décès de celui-ci, le 31 décembre
1674 et mourut en 1719, âgée de quatre-vingt-un ans. Il fut enterré
dans l'église cathédrale de Périgueux dont il était chanoine et grand
chantre.

2° Antoinette DE LA BROUSSE, née en 1639, mariée, le 17 janvier 1655, à
Pierre DE LAGEARD DE CHERVAL, seigneur DE BEAUREGARD ;

3° Marguerite DE LA BROUSSE, née en 1642, mariée, le 1er avril 1663, à François DE LA GARDE DE SAIGNE, baron de Saint-Angel ; et en secondes
noces, en 1679, à Daniel SAUNIER DE MONTPLAISIR, seigneur de la
Bardonnelle et de Burée, dont elle eut une fille, Marie-Bertrande,

(1) Qui, entre autres titres, se qualifiait alors baron de la Tour-Blanche.
(2) Suivant contrat passé devant la Bronche, notaire à Périgueux.

qui épousa Jean-Louis d'HAUTEFORT, marquis de Bruzac et de Marquessac ;

4º Dauphine DE LA BROUSSE, née en octobre 1643, mariée, le 24 février 1664, à Isaac, marquis DE FAYOLLE, seigneur de Tocane et de Chapdeuil, en Périgord ; ils eurent plusieurs enfants.

5º Nicolas, qui suit ;

6º Jean DE LA BROUSSE, seigneur de Chastenet et de Saint-Front, né en 1647, fut nommé lieutenant dans le régiment Dauphin, le 27 octobre 1668. Il se maria, le 15 avril 1693, à Louise DE CALVIMONT, et en eut une fille unique, Charlotte, qui épousa, le 25 juillet 1715, Sébastien DE POILVILAIN, marquis de Crenay et comte de Montaigu. Louise de Calvimont était veuve en premières noces du marquis de Calvimont, son cousin, et en secondes noces du vicomte DE LOSSE; elle avait eu de l'un et de l'autre plusieurs enfants.

7º Pierre DE LA BROUSSE, né le 25 octobre 1648, désigné d'abord sous le nom de sieur de Tranchepouyères, le fut ensuite sous celui de PUYRIGARD. Marié le 13 août 1678, à Antoinette DE LAGÉARD DE CHERVAL (1), demoiselle du Bourbet, née en 1655, souche de la ligne masculine aujourd'hui existante.

Le sieur de la Pouyade acquit, en 1637, de Mme DE VIDAL, veuve de Jean DE LA BROUSSE, écuyer, sieur de Brognac, l'office de conseiller du roi et son vice-sénéchal en la prévôté de Périgord ; il s'acquitta du prix de cette charge le 4 septembre 1638.

Une convocation du ban et de l'arrière-ban ayant eu lieu en 1639, LA POUYADE fut adjoint à Jean de Malbet, écuyer, sieur dudit lieu, à raison du dixième d'un cheval léger, taxé à six cents livres, par procès-verbal du 18 juin 1639, suivant l'avis de la noblesse de Périgord, présidée par le seigneur de Bourdeilles, sénéchal et gouverneur pour le roi de cette province. En conséquence, LA POUYADE paya, le 22 juillet suivant, la somme de soixante livres et cinq pour cent en sus, attribués au sieur de Brugières, écuyer, sieur de la Contandie, commis à la recette des deniers à lever pour le fait desdits ban et arrière-ban.

Un édit du roi LOUIS XIII, de 1634, ayant annulé tous les titres d'anoblissement accordés antérieurement à cette époque, LA POUYADE jugea nécessaire, en 1644, de faire reconnaître et confirmer ses droits de noblesse et ancienne extraction dont les titres détruits et brûlés lors du sac de Nontron, en 1569, ne pourraient être montrés par lui à des juges. Il obtint, au mois

(1) Les comtes DE CHERVAL ont possédé pendant environ trois siècles la charge de grand-sénéchal de l'Angoumois.

d'octobre de cette année 1644, les lettres patentes en forme de chartes, dont la teneur suit :

Louis par la grâce de Dieu, etc.

Un arrêt de la Chambre des comptes de Paris, du 19 novembre 1664, ayant ordonné que, avant l'entérinement desdites lettres patentes, une enquête eût lieu pour la vérification des faits y énoncés, il fut procédé à cette enquête les 19 décembre et jours suivants de ladite année et de celle de 1645 par-devant le conseiller du roi, juge-mage et lieutenant général en la séné-chaussée de Périgord « afin de constater, en présence des avocats, procu-
« reurs et receveurs ordinaires et les élus de l'élection de Périgueux, en
« laquelle ledit sieur DE LA POUYADE faisait sa demeure, ou l'un ou deux d'entre
« eux à ce par eux commis, de quel état, facultés, condition, chevance, vie,
« mœurs et renommée, était l'impétrant, ensemble de sa fidélité au service
« du roi; quels biens meubles et immeubles il tenait et possédait, tant de
« son propre conquêt que autrement, lesquels sont de son dit conquêt et
« lesquels non; de quelle valeur, pour une fois, pouvaient être lesdits
« meubles et immeubles de revenu annuel; si entre iceux immeubles il y
« avait aucuns fiefs et autres choses nobles; quels et de quelle valeur de
« revenu, où ils étaient assis; de, comment et à cause de quoi ils étaient
« mouvants; de quelles charges et combien on en pourraient avoir à les
« vendre pour une fois, si l'impétrant était franche personne, légitime, de
« loyal mariage, ou d'aucune condition serve et envers qui; s'il était marié
« et avait enfants, quel nombre, de quel sexe et âge; de quelle qualité
« étaient lesdits enfants, s'ils étaient mariés; s'ils étaient mariés, quels biens
« ils possédaient et combien ils pouvaient valoir; si aucunes successions
« leur pouvaient aussi échoir ou advenir; quelle et de quelles valeurs; quel
« âge avaient lui et sa femme; de quelle religion et conversation il avait
« été toute sa vie et encore de présent; combien lui et sesdits enfants étaient
« accoutumés de payer de tailles et autres subsisdes; de quelle paroisse ils
« étaient; à combien montait la somme que payait ladite paroisse; quand,
« feux il y a en icelle payables, si, la portion dudit impétrant séparée, les
« autres sont assez aisés pour, sans trop grand grief, porter le demeurant
« et généralement surtout ce qui fait à savoir et enquérir à cette partie;
« comme aussi était mandé, outre ce dessus, de faire appeler et assembler
« les habitants d'icelle paroisse, pour demander et enquérir s'ils veulent au-

« cunes choses dire, proposer ou alléguer pour empêcher l'entérinement
« desdites lettres, desquels à ses fins leur serait fait exposition et lecture, si
« métier était; et si la plus grande et saine partie d'iceux consentaient
« audit entérinement, lesquels y consentaient, lesquels non; comme aussi
« était mandé de faire représenter par lesdits sieurs élus ou leurs greffiers
« les rôles des tailles de ladite paroisse, pour en faire les extraits des dix
« dernières années, etc. »

LA POUYADE dut, en outre, solennellement jurer et affirmer la juste valeur
de tous et chacun des biens et ceux de sa femme, tant meubles, immeubles,
que dettes et créances possédés alors et à posséder ultérieurement.

Toutes les formalités prescrites pour cette enquête furent religieusement
observées; elle constata que LA POUYADE n'avait alors que quatre enfants, un
fils et trois filles, nés dans l'ordre que nous avons établi ci-dessus; elle ne fut
close que le 1er février 1645; plusieurs gentilshommes du voisinage, entre
autres, Alain Arnaud, sieur de la Borie, André de Talleyrand, comte de Gri-
gnols, Guy d'Aydie, baron de Bernadières, haut et puissant seigneur Allain
de la Rouderie, seigneur dudit lieu, de la Curée, Beauvais, et aussi Simon
Nicard, chanoine de la cathédrale de Périgueux, François Merlancion,
curé de la paroisse de Saint Martin-le-Pin, lieu de résidence du sieur de
LA POUYADE, et un grand nombre d'habitants, tant de cette paroisse que
de celles circonvoisines, furent entendus, et ce fut sur leur témoignage
unanime que lesdites lettres patentes furent entérinées, tant à la Chambre
des comptes de Guyenne qu'à celle de Paris, et au tribunal de l'élection
du Périgord, les 2 mars, 6 avril et 7 décembre 1645 (1).

LA POUYADE avait embrassé, comme tous ses ancêtres, la carrière militaire;
le 9 mars 1645, il fut nommé commandant de la ville de Nontron, et, en
1653, il était capitaine d'une compagnie dans le régiment de cavalerie de
Rochefort qui tenait garnison à Montignac, place du Périgord assiégée par un
corps d'armée espagnol. Dans une sortie opérée le 8 mars, il fit une vigoureuse
attaque contre un quartier d'infanterie des assiégeants et le mit en déroute.

Le 13 juillet 1656, LA POUYADE acheta, du comte de Gontaut d'Auriole, la
terre DE VERTEILLAC, qui, un siècle auparavant, appartenait à la maison de

---

(1) Nous avons cru devoir insérer ici cette longue analyse de l'enquête, non seulement à cause de
son importance pour la maison DE LA BROUSSE, mais aussi par rapport à sa curiosité historique, pour
prouver quels soins scrupuleux apportaient alors les autorités supérieures pour s'assurer que les impé-
trants aux titres et prérogatives de noblesse y avaient bien réellement droit.

Salagnac; il en rendit foi et hommage au roi, en 1659, et le titre de cette terre est devenu dès lors celui de sa descendance directe.

Au mois de septembre 1664, une déclaration du roi ayant révoqué tous les anoblissements accordés ou reconnus depuis 1634, LA POUYADE se pourvut contre cette mesure purement bursale et obtint, le 23 décembre 1665, de M. Le Tellier, secrétaire d'État, un certificat attestant que le roi avait accordé à Thibaud DE LA BROUSSE, seigneur DE LA POUYADE, la *confirmation des lettres d'anoblissement* que Sa Majesté lui avait déjà accordées au mois d'octobre 1644, et qu'elle lui avait commandé de le comprendre au rôle de ceux qu'elle avait estimé à propos, en considération de leurs services, de conserver en leur noblesse, et lesquels Sa Majesté, par la déclaration qu'elle ferait expédier à la fin de ladite année, relèverait la rigueur de celle du mois de septembre 1634. Ce ne fut, néanmoins, qu'au mois de juin 1671, que, par des lettres patentes spéciales et en conformité du certificat de M. Le Tellier, que le roi confirma DE LA POUYADE, ses enfants et sa postérité, tant mâles que femelles, en leur *ancienne noblesse*, voulant qu'ils jouissent des mêmes honneurs, franchises, exemptions et autres avantages que les autres nobles du royaume, et qu'ils fussent insérés et employés dans le catalogue des gentilshommes qui serait arrêté au conseil d'État, sans que, pour ladite confirmation, ils fussent tenus de payer à Sa Majesté et à ses successeurs aucune finance, ni indemnité.

Ces lettres patentes furent enregistrées à la Chambre des comptes de Paris, le 11 septembre 1671, à la cour des aides de Guyenne, le 17 novembre 1671, au bureau des finances de Guyenne, le 16 décembre suivant, et au tribunal de l'élection de Périgueux, le 23 du même mois.

Un arrêt du conseil d'État, rendu en conséquence desdites lettres patentes, le 26 juillet 1672, maintint DE LA POUYADE dans ses titres de noblesse et ordonna son inscription au catalogue des gentilshommes. Nous verrons plus tard, à l'article de Pierre II, une décision analogue de M. Bégon, intendant de la généralité de la Rochelle, du 31 mars 1700.

Le sieur et la dame DE LA POUYADE, retirés dans leur château de Saint-Martin-le-Pin, marièrent, le 13 août 1678, leur plus jeune fils Pierre, à Antoinette DE LAGEARD DE CHERVAL; le contrat de mariage fixa ses droits dans leurs successions. Le 15 mars de l'année suivante, ils firent donation de tous les biens qu'ils s'étaient réservés « après avoir pourvu à la légitime de leurs autres enfants, et même au delà », à Nicolas, comte DE VERTEILLAC, leur second fils, « l'aîné étant dans les ordres sacrés », pour le mettre en état de contracter un mariage avantageux.

Ce fut le dernier acte qui précéda le décès de LA POUYADE, arrivé le 1ᵉʳ janvier 1681. Sa veuve lui survécut cinq années et partagea sa sépulture dans l'église paroissiale de Verteillac; cependant, le 29 avril 1638, il avait · fait un premier testament et un second, le 25 juillet 1642, par lesquels il déclarait vouloir être enterré à Nontron, auprès de son père et de sa mère.

Leur petite-fille, Madeleine-Angélique DE LA BROUSSE « fille unique de Nicolas, comte DE VERTEILLAC », fit élever sur leur sépulture commune un monument portant les inscriptions suivantes:

D. O. M.

A LA MÉMOIRE
DE HAUT ET PUISSANT SEIGNEUR MESSIRE
DE LA BROUSSE, CHEVALIER, SEIGNEUR DE LA POUYADE,
SAINT-MARTIN ET VERTEILLAC
DISTINGUÉ PAR L'ANCIENNETÉ DE SA NOBLESSE ET PLUS ENCORE
PAR SA VALEUR ET PAR SA PRUDENCE,
DONT LE CIEL COURONNA LA PIÉTÉ PAR UNE POSTÉRITÉ ILLUSTRE
ET NOMBREUSE ET QUI, APRÈS AVOIR DONNÉ MILLE
EXEMPLES DE VERTUS A LA TERRE, RENDIT SON AME INNOCENTE
A DIEU
LE 1ᵉʳ JANVIER 1681
DE SON AGE LA 71ᵉ ANNÉE

====

DANS CE LIEU ET PRÈS DES CENDRES DE SON ÉPOUX, REPOSENT CELLES
DE HAUTE ET PUISSANTE DAME DU CHESNE,
ÉPOUSE DUDIT SEIGNEUR DE LA BROUSSE, QUI, AYANT CULTIVÉ
AVEC SOIN LES VERTUS HÉRÉDITAIRES A SA FAMILLE, FUT
L'ADMIRATION DE SON SIÈCLE PAR SA MODESTIE, SA PIÉTÉ, SA TENDRESSE POUR
SON MARY, PAR L'ÉDUCATION DE SES ENFANTS ET PAR SON RESPECT
POUR LA RELIGION. LE CIEL QUI FIT TOUS SES DÉSIRS REÇUT SON AME
DANS SES TABERNACLES LE 21 DÉCEMBRE 1686
ET DE SON AGE LA 68ᵉ ANNÉE.

====

MADELEINE-ANGÉLIQUE DE LA BROUSSE, LEUR PETITE-FILLE,
LEUR A ÉLEVÉ CE MONUMENT POUR MARQUE DE SA RÉVÉRENCE ET DE
SON SOUVENIR.
Requiescant in pace.

XIII. Nicolas DE LA BROUSSE, né le 11 octobre 1645, fut d'abord appelé le *chevalier* de VERTEILLAC, lorsque son père eut acheté, en 1656, la terre de ce nom, qui plus tard fut érigée en sa faveur en COMTÉ.

Il fut d'abord cadet au régiment des gardes françaises, puis garde du corps dans la compagnie de Noailles, et le 26 juin 1667, capitaine au régiment Dauphin-infanterie. Cette année-là, il fit la campagne de Flandre et, l'année suivante, celle de la Franche-Comté qui fut terminée, dès le 2 mai, par le traité de paix d'Aix–la–Chapelle. Quoiqu'il ne fût âgé que de vingt-deux ans et hors rang, il conserva le grade de capitaine en pied, comme juste récompense d'un mérite déjà reconnu. Il accompagna volontairement alors Vauban, pour s'instruire à l'école de ce grand homme qui s'occupait de construire les citadelles de Lille et de Tournay, et de fortifier les places d'Oudenarde, d'Ath et de Charleroi.

En 1670, VERTEILLAC fut employé au camp de Saint-Germain, commandé par le maréchal de Créqui, qu'il suivit à son départ pour la conquête de la Lorraine et fut blessé au siège d'Épinal.

En 1672, il marcha dans l'armée dirigée contre la Hollande, assista à plusieurs sièges, à la reddition d'Utrecht, et servit cet hiver-là sous le grand Turenne. Atteint d'une longue et douloureuse maladie, il en était à peine convalescent lorsqu'il rejoignit l'armée à Courtrai, puis alla au siège de Maëstricht, où il fut blessé d'un pot à feu au visage. VERTEILLAC servit dans les campagnes de 1673 et 1674, aux sièges de Trèves, de Besançon et à celui de Dôle où il reçut encore trois blessures. En 1675 il assista aux sièges de Condé, Bouchain et Aire. Vers la fin de cette campagne, il fut promu au grade de major dans son régiment Dauphin et, l'année suivante, il fut employé en qualité de major de brigade dans l'armée qui s'empara des places de Valenciennes et Cambrai. En 1678, il servit aux sièges de Gand et d'Ypres, puis à la bataille de Saint-Denis, où il fut blessé de deux coups de mousquet. Il avait acheté, en 1676, de son cousin Thibaud D'ATHIS, la survivance de son emploi de capitaine-lieutenant français dans la compagnie des Cent-Suisses de la garde du roi, qu'il lui rétroféda ensuite, le 8 avril 1686, avec décharge de toutes les obligations qu'il avait pu contracter à cet égard. Devenu, en 1680, lieutenant-colonel dans ce même régiment Dauphin, il préféra ce simple grade dans un corps où il avait fait ses premières armes à celui de colonel commandant d'un autre régiment; il le conserva jusqu'en 1686, époque à laquelle il fut élevé au rang de brigadier des armées du roi.

Le grand dauphin, auquel fut confié le commandement de l'armée d'Allemagne en 1688, demanda pour l'emploi de major-général le comte DE VERTEILLAC, qui en remplit les fonctions aux sièges de Philisbourg, Frankenthal et Manheim. L'activité, l'étendue de son génie, tous ses talents militaires enfin, se développèrent avec la plus haute distinction dans cette campagne, à la suite de laquelle il fut nommé inspecteur général de l'infanterie dans la basse Alsace, le Palatinat et les autres pays conquis sur la rive droite du Rhin.

En 1689, il reçut l'ordre de se jeter dans Mayence dont l'armée impériale avait formé le siège; il contribua puissamment à la défense de cette place, qui, après quarante-neuf jours de tranchée ouverte, sans que les assiégeants eussent réussi à s'emparer du chemin couvert, ne capitula que faute de poudre.

En 1690, il reprit les fonctions de major-général de l'armée du grand dauphin et fut chargé, l'hiver suivant, du commandement de la place d'Ypres et de tout le pays situé entre la Lys et la mer. C'était le point le plus vulnérable et du côté duquel on craignait que l'ennemi n'entamât nos frontières.

VERTEILLAC alla, en 1691, au siège de la ville de Mons; elle capitula. Elle devenait la plus importante de nos places de guerre; il fallait y tenir une garnison de dix mille hommes d'infanterie et de quatre mille chevaux; le gouvernement du Hainaut devait y être attaché.

VERTEILLAC, quoique alors simple brigadier des armées du roi, fut nommé gouverneur de Mons et du Hainaut. Peu de temps après, il fut élevé au rang de maréchal de camp et servit en cette qualité au siège de Furnes, sous le maréchal de Boufflers qui l'avait demandé. C'est à la fin de cette campagne que le roi lui confia la charge héréditaire de lieutenant du roi de la province de Périgord.

Le 20 avril 1692, il versa 45,000 livres pour la finance de la charge héréditaire de lieutenant du roi dans la province de Périgord.

Enfin, en 1693, le maréchal de Luxembourg, après la victoire de Steinkerque, ayant formé le siège de Charleroi, donna l'ordre à VERTEILLAC, alors à Mons, de protéger un convoi de sept cents chariots chargés de blé et de deux chariots chargés d'argent, convoi dont l'arrivée était indispensable pour le succès du siège. VERTEILLAC sortit de Mons, le 2 juillet, à la tête de six cents chevaux du régiment d'Aurai-Dragons, de quelques autres détachements de cavalerie et d'un gros corps d'infanterie. Grâce aux habiles manœuvres de VERTEILLAC, l'ennemi ne put intercepter le convoi; il fut sauvé, mais son escorte eut à soutenir le poids de forces bien supérieures, dans un combat livré à Boussu. VERTEILLAC, blessé à la hanche dès le commencement de l'action, ne voulut pas quitter le champ de bataille qu'il n'eût vu le convoi en parfaite sûreté, et, dans la dernière charge, il reçut à la tempe un coup de feu dont il mourut sur-le-champ, le 4 juillet 1693, dans sa quarante-huitième année. Rapporté à Mons, on éleva sur sa tombe un mausolée avec l'épitaphe suivante :

ICI REPOSE LE CORPS DE HAUT ET PUISSANT
SEIGNEUR MESSIRE NICOLAS DE LA BROUSSE, CHEVALIER, COMTE
DE VERTEILLAC, MARÉCHAL DES CAMPS ET ARMÉES DU ROI,
LIEUTENANT DANS SA PROVINCE DE PÉRIGORD ET GOUVERNEUR DE MONS,
LEQUEL APRÈS AVOIR MIS EN FUITE LES ENNEMIS A LA JOURNÉE
DE BOSSU-SOUS-VALCOURT, Y FUT FRAPPÉ DE PLUSIEURS
COUPS MORTELS, LE 4 JUILLET 1693; AGÉ DE 48 ANS
Priez Dieu pour lui.

La Franche-Comté, la Lorraine, la Hollande, l'Allemagne et la Flandre, ont été le théâtre de ses vertus guerrières, où il s'est trouvé à vingt-sept sièges et dix batailles (1). Son dévouement perpétuel au service du roi, sa fidélité pour ses amis, sa charité pour les pauvres, son respect pour la religion, sa piété, sa foi et toutes ses autres vertus morales et chrétiennes ont couronné sa valeur et laissé un regret universel de sa perte.

Du mariage que le comte DE VERTEILLAC avait contracté avec Catherine-Madeleine DANYAU DE SAINT-GILLES, née le 21 mars 1662, par acte passé devant Coullon et son confrère, notaires à Paris, les 4, 6, 7, 8, 9 et 12 août 1685, honoré des signatures du roi, du dauphin, d'un grand nombre de seigneurs de la cour, de parents et amis des deux familles, mariage qui eut lieu ledit jour 12 août, naquirent cinq enfants : quatre moururent en bas âge; une seule fille lui survécut : Madeleine-Angélique DE LA BROUSSE, née

(1) La vie militaire DE VERTEILLAC fut si glorieuse, que les historiens les plus distingués de l'époque et du siècle suivant en parlent longuement dans leurs ouvrages, et que la vie entière de ce général fut imprimée à Avignon, en 1735; son portrait fut aussi gravé, et son buste en marbre, exécuté par un bon artiste, fut placé dans ces derniers temps dans les galeries historiques de Versailles.
Parmi les historiens qui se sont le plus étendus sur la vie militaire et la mort glorieuse du comte DE VERTEILLAC, nous citerons : *Pinart*, dans sa Chronologie militaire; *Quincy*, dans son Histoire militaire du règne de Louis le Grand; le chevalier *De Beaurin*, dans son Histoire militaire de Flandre; le *P. Verdin*, dans sa préface dédicatoire à la vie du bienheureux Théodore de Celles (1681); *Histoire de la monarchie française sous le règne de Louis XIV*, par Simon de Riencourt (nouv. édit. 1697).

le 7 juin 1689, que nous retrouverons plus tard mariée à son cousin germain Thibaud IV DE LA BROUSSE DE VERTEILLAC. La veuve du comte de Verteillac ayant été présentée à Louis XIV, ce grand monarque lui dit « qu'il avait perdu dans VERTEILLAC le meilleur officier d'infanterie qu'il eût eu depuis le maréchal de Turenne. »

Elle épousa, le 13 septembre 1700, en secondes noces, Jean-Louis d'HAUTEFORT, comte de BEAUSEIN ; elle n'en eut pas d'enfants et mourut à Paris, âgée de soixante-huit ans, le 4 février 1731.

BRANCHE

DES MARQUIS DE VERTEILLAC

(SEULE ACTUELLEMENT EXISTANTE)

XIII *bis*. Pierre II DE LA BROUSSE, frère du précédent, chevalier, seigneur de Puyrigard, et de Cressac, en Saintonge, comte DE VERTEILLAC, né le 25 octobre 1648, à Saint-Martin-le-Pin, en Périgord, fut marié, le 13 août 1678, à Antoinette DE LAGEARD DE CHERVAL, née le 17 novembre 1635 (sœur de Pierre DE LAGEARD DE CHERVAL, qui avait épousé Antoinette DE LA BROUSSE, sœur aînée de Pierre II).

De ce mariage naquirent quatre enfants :

1° Thibaud IV, qui suit ;

2° Nicolas DE LA BROUSSE, abbé de Peyrouse (3e abbé de ce nom), grand-chantre de l'église cathédrale de Périgueux, mort le 23 février 1724 ;

3° Marguerite DE LA BROUSSE, née le 20 juillet 1683, religieuse dans l'ordre des filles de Notre-Dame, suivant contrat de noviciat du 16 mai 1701, décédée en Amérique où ses supérieurs l'avaient envoyée pour fonder une communauté ;

4° Jean DE LA BROUSSE, chevalier DE VERTEILLAC, né le 10 août 1690, capitaine au régiment du Maine, périt célibataire à la bataille de Parme, gagnée, le 29 juin 1734, sur l'armée impériale, par le maréchal DE COIGNY ;

5° Pierre DE LA BROUSSE, suivit la carrière militaire jusqu'en 1690 ; il fut d'abord mousquetaire dans la 2e compagnie de la garde du roi et obtint le grade de capitaine au régiment de Fimarcon, le 13 avril 1676. Il perdit sa femme, Antoinette DE LAGEARD DE CHERVAL, le 10 avril 1692, et fit son testament le 19 septembre 1697.

Une déclaration du roi, du 4 septembre 1696, avait ordonné la vérification, par une commission nommée *ad hoc*, des titres de noblesse dans l'étendue de la généralité de la Rochelle, où Pierre II DE LA BROUSSE possédait et habitait sa terre de Cressac, élection de Saintes.

Il reçut, en septembre 1699, une assignation pour la production de ses titres devant M. BEGON, intendant de cette généralité ; il fit cette production d'après laquelle cet intendant, sur les conclusions du procureur du roi près ladite commission, déchargea ledit Pierre DE LA BROUSSE, chevalier, seigneur de Puyrigard et de Cressac, de l'assignation à lui donnée, le maintint en la qualité de *chevalier*, ordonna qu'il jouirait de tous les privilèges, honneurs et exemptions attribués aux nobles du royaume. Pierre mourut dans sa quatre-vingt-sixième année, en avril 1734, au château de Cressac, et fut enterré à Nontron.

XIV. Thibaud IV DE LA BROUSSE, chevalier, comte de VERTEILLAC, seigneur de Puyrigard et Cressac, fut lieutenant du roi héréditaire de Périgord, charge dont son beau-père Nicolas avait levé l'office en 1692, gouverneur et grand-sénéchal de cette province, sur la démission du marquis DE POMPADOUR, le 4 janvier 1725, gouverneur des ville et château de Dourdan.

Né le 18 juin 1684, à Saint-Martin-le-Pin, marié, par dispenses obtenues en cour de Rome, à Madeleine-Angélique DE LA BROUSSE DE VERTEILLAC, sa cousine germaine, fille unique de Nicolas, comte DE VERTEILLAC, suivant contrat passé devant Baudoin et Hachette, qui en gardèrent minute, le 16 novembre 1727 ; il n'en eut qu'un fils unique, César-Pierre Thibaud, qui suit.

Il mourut à Dourdan, âgé quatre-vingt-quatorze ans, le 14 juillet 1778 (1).

Thibaud IV, fit, le 15 septembre 1738, l'acquisition de la terre et baronnie de la Tour-Blanche, qui avait appartenu pour un tiers à ses ancêtres dans le XIVᵉ siècle, moyennant 60,000 livres déléguées au sieur DE MÉRY ; 31,300 livres déléguées au sieur DE CIVRAC, une pension viagère de 4,000 livres au vendeur et une pension viagère de 1,200 livres à madame DE SAINTE-MAURE, religieuse.

---

(1) Voici son épitaphe :

D. O. M.

« Sous cette tombe repose haut et puissant seigneur messire Thibaud DE LA BROUSSE, chevalier, « comte DE VERTEILLAC, seigneur de Saint-Martin, de la baronnie de la Tour-Blanche, de Sainte-Mesme « et autres lieux, gouverneur, grand-sénéchal et lieutenant du roi héréditaire de Périgord.

« Au milieu du commerce des hommes, il remplit tous les devoirs de la religion chrétienne, fidèle à « ceux de citoyen, jamais la pratique des vertus les plus pénibles ne lui coûta le moindre effort. Bon, « sensible, humain, charitable et toujours juste, aussi indulgent pour les autres que sévère pour lui- « même, il fut l'appui des faibles et le consolateur des malheureux. Héritier des vertus de ses ancêtres, « sa vie fut une suite d'exemples édifiants pour une famille qu'il chérissait et dont les regrets sont éternels.

« Soutenu par une ferme espérance et une grande confiance en Dieu, il envisagea la mort sans la « craindre et finit sa carrière le 13 juillet 1778, âgé de quatre-vingt-quatorze ans, un mois et neuf jours. »

Requiescant in pace.

A la même époque, il acquit aussi des biens considérables dans le Hure-
poix, à Dourdan (près Paris). Il s'établit dans cette ville, y passa la plus
grande partie de sa vie et y mourut en 1778. Six ans avant sa mort, en 1772,
Thibaud fit encore l'acquisition de la terre de Sainte-Mesme pour le prix de
300,000 livres ; cette terre était située à une lieue de Dourdan.

Thibaud IV s'était démis, le 29 avril 1747, entre les mains du roi et en
faveur de César-Pierre Thibaud, son fils, de l'état et office de gouverneur et
de grand sénéchal de Périgord et, en 1759, de celle de lieutenant du roi de
ladite province en faveur du même.

Madeleine-Angélique, comtesse DE VERTEILLAC, femme d'un esprit très distingué, jouit du respect et de l'estime de tous ceux qui la connurent. Sa so-
ciété fut recherchée par un grand nombre de gens de lettres, parmi lesquels
on peut citer Levesque de Burigny, de l'Académie des inscriptions et belles-
lettres, qui, dans le *Mercure* de janvier 1752, écrivit une lettre pleine d'in-
térêt sur cette dame enlevée à sa famille et à ses nombreux amis le 21 octobre 1751 ; elle fut inhumée dans le chœur de l'église de la ville de Dourdan,
où elle mourut.

La comtesse DE VERTEILLAC écrivait avec autant de solidité que d'agrément ;
mais ses opuscules, restés inédits, ne furent connus que d'un petit nombre
d'amis particuliers auxquels le mystère était recommandé ; aussi ne retrouve-
t-on plus d'elle qu'une lettre sur les beautés et les défauts du style, adressée à
Rémond de Saint-Marc, dans les œuvres duquel elle a été insérée, au commencement du tome 3e, édition de 1750.

Mlle LHÉRITIER DE WILLANDON lui avait dédié, en 1718, son ouvrage intitulé
les Caprices du Destin et, en 1732, sa traduction en vers des *Epîtres
héroïques d'Ovide*.

Le marquis Scipion MAFFEI lui dédia aussi sa tragédie de Mérope, en 1745.

En novembre 1746, elle reçut un bref très-honorable de Benoît XIV, sou-
verain pontife, qui lui accusait réception d'objets précieux dont elle
lui avait fait hommage, et qui lui accordait des indulgences plénières.

Un éloge d'elle fut publié, en décembre 1751, sous le titre de *Lettre sur
Madame la comtesse de Verteillac*.

La *Biographie universelle* de Michaud, tome LXIX, page 246, dans une
notice nécrologique sur Jacques DE LA BROUSSE, renferme quelques détails qui
servent à faire connaître et apprécier la comtesse DE VERTEILLAC.

Elle avait fait le 22 mars 1743, en faveur de son mari, un testament dans lequel elle relatait sa fortune.

XV. César-Pierre-Thibaud DE LA BROUSSE, chevalier, MARQUIS DE VERTEILLAC, baron de la Tour-Blanche, seigneur de Montleau, Saint-Martin-le-Pin, etc. ; gouverneur, grand-sénéchal et lieutenant du roi de la province de Périgord, né à Paris, le 8 octobre 1729, fut marié à Louise DE SAINT-QUINTIN DE BLET, suivant contrat passé devant Bessonnet et son confrère, notaires à Paris, le 19 mars 1759, honoré des signatures du roi, de la reine, du dauphin et de la dauphine.

De ce mariage, trop tôt brisé par la mort de la marquise DE VERTEILLAC, le 10 juin 1763, sont issus :

> 1° Françoise-Louise-Angélique DE LA BROUSSE, née le 9 décembre 1760, qui eut pour parrain le comte DE VERTEILLAC, son grand-père, et pour marraine la marquise de BELMONT, sa tante, baptême qui fut célébré en l'église Saint-Sulpice, sa paroisse. Elle fut mariée, en 1782, à Auguste-Joseph DE BROGLIE, prince de Revel, second fils du maréchal duc de Broglie, et mourut en 1854, au château de Saint-Georges, en Normandie.
>
> 2° et François-Gabriel-Thibaud, qui suit.

Les services militaires de César-Pierre-Thibaud DE LA BROUSSE, marquis DE VERTEILLAC, commencèrent dès le 2 avril 1742, en qualité de cornette de la compagnie mestre-de-camp du régiment de Penthièvre-cavalerie. Il y obtint, le 14 février 1748, le grade de capitaine; puis il devint, le 21 août 1759, guidon dans la compagnie des gendarmes anglais, avec brevet de lieutenant-colonel de cavalerie. Il fut successivement premier cornette de la compagnie des chevau-légers de Berry, le 19 avril 1760; sous-lieutenant dans la compagnie des gendarmes de Flandre, le 11 janvier 1762, avec rang de mestre-de-camp de cavalerie; capitaine-lieutenant des gendarmes de Provence, le 3 janvier 1770; brigadier de cavalerie dans les armées du roi, le 1er mars 1780; enfin maréchal des camps et armées du roi, le 5 décembre 1781.

Nous avons vu qu'il avait succédé, le 29 avril 1747, dans l'emploi de gouverneur et grand-sénéchal du Périgord, à son père qui ne se réserva alors que l'emploi héréditaire de lieutenant du roi en cette province, dont il se démit en faveur de son fils peu après et ne conserva que le gouvernement de la ville de Dourdan, où il avait fixé ensuite sa résidence et près de laquelle il avait acheté la terre de Sainte-Mesme, de M. de l'Hôpital, comme il a été dit.

César-Pierre-Thibaud comptait dix campagnes de guerre, dans lesquelles il avait reçu plusieurs blessures, et il avait eu un cheval tué sous lui à Fontenoy.

Sa réception solennelle en qualité de grand-sénéchal de Périgord eut lieu à Périgueux, le 8 mars 1789, et, le 16 du même mois, il présida en cette qualité la noblesse assemblée pour la rédaction de ses cahiers et doléances, relativement à la convocation des États généraux, qui se réunirent le 4 mai suivant, à Versailles.

Il mourut à Dourdan, dans sa soixante-dix-septième année, le 25 novembre 1805.

XVI. François-Gabriel-Thibaud DE LA BROUSSE, marquis de Verteillac, baron de la Tour-Blanche et autres lieux, né le 17 janvier 1763, fut marié le 8 avril 1795 (19 germinal an III) à Charlotte-Jeanne-Félicité-Élisabeth D'APPELVOISIN DE LA ROCHE DU MAINE.

Le marquis DE VERTEILLAC entra au service à l'âge de quinze ans, fut nommé capitaine de cavalerie à dix-huit ans et ne quitta son régiment qu'en 1792, après la chute du trône.

Sous l'empire, en 1813, il fut nommé chambellan de l'empereur, et commanda, en 1814, les gardes nationales du département de Seine-et-Oise. En 1815, il fut nommé membre de la Chambre des députés, et s'étant ensuite fixé en Poitou, il devint membre du Conseil général de la Vienne et mourut, dans son château du Fou, près Châtellerault, le 26 octobre 1854.

De son mariage sont issus quatre enfants :

1° Césarine-Fortunée DE LA BROUSSE DE VERTEILLAC, née le 7 avril 1796 (18 germinal an IV), mariée le 8 juillet 1822, à Antoine-Amédée DE GARS, vicomte DE COURCELLES ;

2° Angélique-Herminie DE LA BROUSSE DE VERTEILLAC, née le 17 juin 1797 (29 prairial an V), mariée le 17 avril 1828, à Marie-François-Félix, chevalier, comte DE BOURBON-CONTI; veuve le 7 juin 1840; mariée en secondes noces, le 18 avril 1841, à Sosthènes DE LA ROCHEFOUCAULD, duc DE DOUDEAUVILLE ;

3° César-Augustin qui suit ;

4° Gabriel-Victor DE LA BROUSSE, vicomte DE VERTEILLAC, né le 1er juillet 1800 (12 messidor an VIII), entra au service à dix-huit ans, fut reçu chevalier de Malte en 1821, fit comme sous-lieutenant la campagne de 1823, et quitta l'armée en 1829. Il fut appelé, en 1831 à une sous-préfecture et, en 1846, nommé préfet de la Haute-Saône.

Après trente ans de services, quoique jeune encore, le vicomte

DE VERTEILLAC quitta l'administration étant officier de la Légion
d'honneur et décoré de divers autres ordres.

Il mourut sans enfants, en 1850.

XVI. César-Augustin DE LA BROUSSE, comte, puis marquis DE VERTEILLAC, à la
mort de son père, le 26 octobre 1854, naquit le 14 décembre 1798 (24 fri-
maire an VII), et fut marié, le 10 juin 1844, à Caroline-Ferdinande-Adélaïde-
Louise DE MONTALEMBERT D'ESSÉ ; veuf d'elle, sans enfants, le 11 octobre 1848,
il épousa en secondes noces dame Marie-Henriette DE LEUZE dont il a une
fille, rapportée ci-après.

Le marquis DE VERTEILLAC fut chevau-léger de la maison du roi en 1814,
page de Napoléon Ier en 1815, élève de l'École polytechnique de 1817 à 1819,
puis lieutenant et capitaine d'artillerie et commandant de batterie. Il se retira
du service en 1842, après avoir fait trois campagnes, et avoir obtenu la croix
de la Légion d'honneur et plusieurs autres ordres.

Marie-Henriette-Herminie DE LA BROUSSE DE VERTEILLAC, née le 28 juillet
1853, a été mariée le 26 juin 1872, à Alain-Louis DE CHABOT, PRINCE
DE LÉON, aujourd'hui seul fils du duc de Rohan. De ce mariage sont
nés jusqu'à ce jour, juillet 1879 :

    A. Anne-Henriette-Joséphine-Marie DE CHABOT, née le 10 avril
       1873 ;

    B. Marie-Agnèse-Joséphine-Augustine DE CHABOT, née le
       le 24 mai 1876 ;

    C. Josselin-Marie-Charles-Henri-Gabriel-Joseph DE CHABOT,
       né le 4 avril 1879.

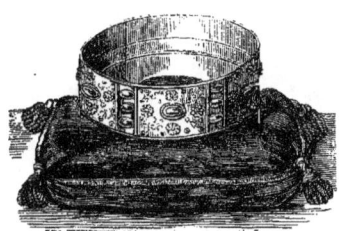

www.ingramcontent.com/pod-product-compliance
Lightning Source LLC
Chambersburg PA
CBHW061604180626
46818CB00005B/1945